AF211406

ISBN 9783837027921

1. Au lage 2016
Herstellung und Verlag: BoD - Books on Demand
D-22848 Norderstedt
Buchgestaltung: XXX
Copyright: XXX

X für die große Unbekannte.
X für das Unanständige. X für das Besondere.
X für Christmas. X für Xtra-Würste.
X für Durchschnittsgrößen.
XXX für Analphabeten.

X für alle,
denen man kein U
für'n X vormachen kann.

XXX

9

Vertauschte Rollen.

11

Ein ungewöhnlicher ORDENSVORSCHLAG,
der bei der Mehrheit der Abgeordneten
nicht auf Akzeptanz stieß.

Ein mutiger Entwurf zur
VERSCHÖNERUNG des Parlaments
im Reichtagsgebäude, den aber der zuständige
Kunstausschuss nicht zur Entscheidung
weiterleiten wollte.

Lebendige Kunstszene.

21

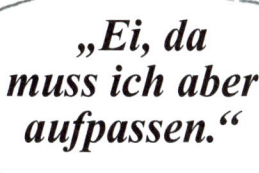

Das Topinterview aus der Wirtschaft.

30

Die Testmethoden werden immer perfekter.

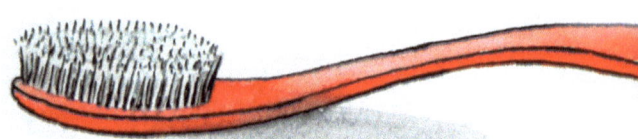

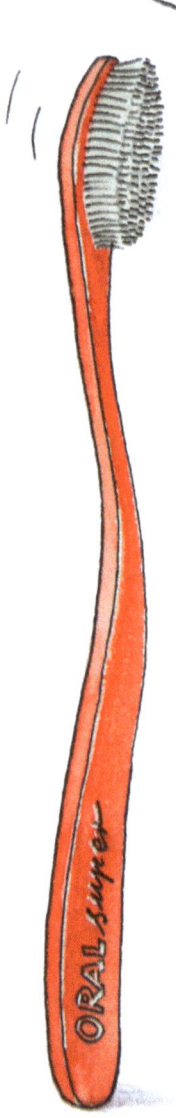

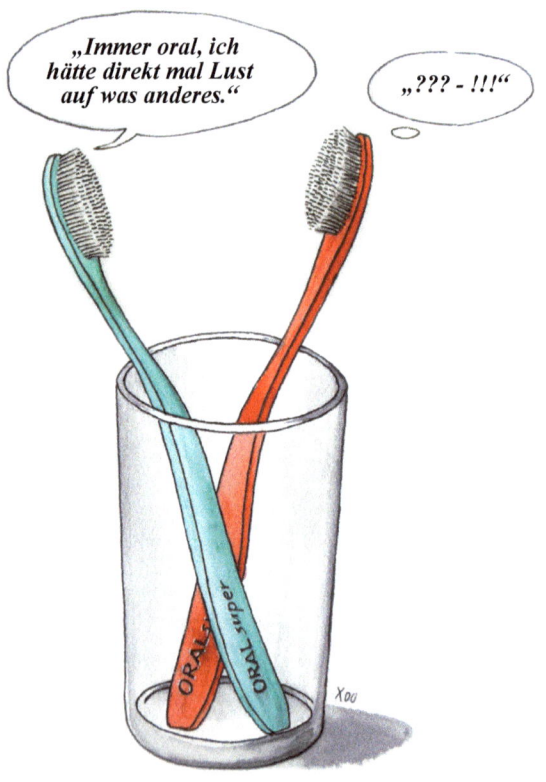

U6
Das Urinal des berühmten Designers Filip Schwach
wurde in feministischen Kreisen
als besonders frauenfeindlich angeprangert.

38

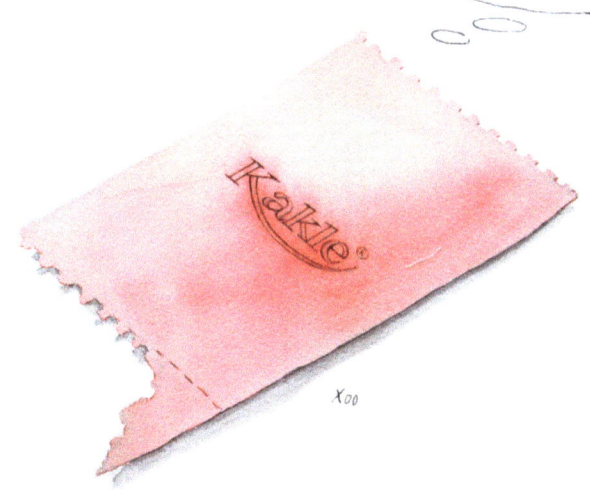

39

Der Vorstand des Natursektkonzerns bei der Lösung
eines dringenden Problems.

Neues aus der mathematischen Forschung

43

Neue Triebe in der politischen Landschaft.

Neue Wege der Erlebnisgastronomie

Arme Schweine?

„*Sie nennt sich Pippi, sie hat 'nen Affen!*"

Xoo

53

55

57

„*Wie findste
denn dessen Sack-
gestaltung?*"

„*Geschmacklos,
im höchsten Maße
geschmacklos!*"

Der Weihnachtsmann im Krankenhaus,
da fällt glatt die Bescherung aus.
Macht sich's bequem in seinem Bett,
und findet das auch noch recht nett.

*P.S.: Jetzt ist alles klar, warum der Weihnachtsmann dieses Jahr nicht kommt
und wir die Bescherung selber übernehmen müssen.*

Punkt Null, da kommt der Weihnachtsmann,
so fängt das Neue Jahr gut an.

Und auch die liebe Weihnachtsfrau,
die kommt am Punkte Null genau.

63

Modern Life.

Modern Life.

Außerirdische Ethnologen
bei der Erforschung einer fremden Spezies.

Die unmaßgebliche Meinung zweier Außerirdischer.

XXL-Dank an
Christin und Claus, Thaicoon und Mithai,
ohne ihre Hilfe, wäre dieses bedeutende Werk nie
entstanden und die Unbekannten nicht
gelöst worden.

XXX